LES TROIS COUSINS,

OU

LA GUERRE QUI NOUS PEND A L'OREILLE;

PAR

Mme Jenny de Bellingant.

PARIS,

CHEZ LES MARCHANDS DE NOUVEAUTÉS.

1831

LES TROIS COUSINS,

ou

LA GUERRE QUI NOUS PEND A L'OREILLE.

JE vous dois des remercîmens, mon cher voisin, de n'avoir point livré au public ce *droit d'aînesse* que vous me menaciez de lui faire connaître pour me punir, disiez-vous, *de penser si mal.*

A la vérité j'écris mal ce que je pense; mais ce n'est pas du tout ce que vous prétendez dire! Vous vouliez donner à entendre que j'ai de mauvaises opinions; et, vous targuant de ce que Necker a dit, « qu'*un homme* doit braver l'opinion et une femme s'y soumettre, » vous me jetiez à tout propos cette sentence à la tête pour me clore la bouche.

Eh bien! n'en déplaise à Necker, à tous les savans passés, présens et à venir, je crois que, dans son âme, il est très-permis à une femme d'avoir une opinion quelconque, et je trouverai toujours qu'il est respectable d'en avoir une intime et qui ne varie point.

Je ne trouverai louable en personne, de quelque sexe et de quelque âge qu'il soit, encore moins dans une femme, de prétendre renverser un gouvernement établi; car il faut convenir que, quelque vicieux qu'il puisse être, les révolutions entraînent tant de malheurs à leur suite, qu'on doit les redouter. Mais vouloir comme vous que chacun soit de votre avis, sous peine de passer pour inepte, malveillant, criminel même, voilà ce que je regarderai comme le comble de l'injustice et d'une aveugle prévention!

Et, quelque dépit que vous en preniez, je continuerai à déplorer la folie de la *légitimité*, que chacun interprète à sa guise, selon sa convenance; ce qui, je vous le répète, peut nous amener la guerre des trois cousins.

J'en parlais en plaisantant dans mon salon avant-hier; vous avez tellement pris feu sur de simples plaisanteries, que j'y ai réfléchi sérieusement, et crois la chose très-présumable et nullement plaisante.

Et puisque vous prétendez me dénoncer comme dangereuse par mes prétendues instigations, au risque de passer pour une *des femmes savantes*, et de mériter la réputation d'écrire *en précieuse ridicule*, je ne cacherai aucunement les pensées que j'émis en petit comité, parce qu'elles étaient miennes, sans prétendre les répandre à l'ombre du mystère.

On reconnaît, monsieur Trim, vos habitudes jésuitiques dans cette accusation. Véritables caméléons, vous jugez que nous autres, gens francs et libéraux, nous devons nous servir de vos ruses.

Qu'une simple femme vous détrompe; au risque de faire connaître son peu de talent, elle conviendra par écrit qu'elle a pensé et dit que trois princes, cousins suivant la règle de l'hérédité, pourraient se battre pour le trône de France.

Ferdinand, duc d'Orléans, soutenant à l'armée les droits de son père, dira : « Fils d'un » roi élu du vœu de toute la France, à défaut » de mon cousin Henri, je succèderai légitime- » ment à mon père, qui n'est monté sur le trône » que lorsque Charles X et son petit-fils l'ont » laissé vacant. »

Ce petit-fils dira : « Mon grand-père a abdi- » qué en ma faveur, et s'il m'a entraîné dans sa » fuite, c'est que j'étais trop jeune pour exé- » cuter mes propres volontés et soutenir mes » droits. »

Surviendra le troisième, qui dira à son tour :

« Mes beaux sires, je vous engage à vous tenir
» en paix et d'accord, car ce n'est ni à l'un ni
» à l'autre de vous qu'appartient la couronne
» de France, mais bien à moi.

» Les frères de l'infortuné Louis XVI l'ont
» abandonné ainsi que leur patrie; ils ont laissé
» cette France éplorée être le théâtre de scènes
» aussi déchirantes que sanglantes, sans oser
» venir eux-mêmes y soutenir leurs partisans.
» O vous, braves de Quiberon, répondez-moi,
» ne pérîtes-vous pas à la vue du comte d'Ar-
» tois, qui, vous voyant en péril, s'en retourna
» promptement en Angleterre?

» La France voulut sortir de l'anarchie, elle
» commença par nommer des consuls; l'un
» d'entre eux s'illustra par ses exploits militai-
» res, agrandit son territoire et fut élu empe-
» reur..... Cet empereur fut sacré par le pape,
» et aucun de vos pères ne réclama!..... Que ne
» vinrent-ils alors combattre à l'arme blanche

» comme les autres souverains l'ont fait depuis
» à Tilsitt contre mon père?

» Il n'a aussi abdiqué qu'en ma faveur, et
» vous, mon cher cousin Henri, alors vous n'é-
» tiez seulement pas né!.... Je suis donc plus lé-
» gitime souverain des Français que vous, et
» s'ils n'ont pas osé me rappeler, c'est qu'ils ont
» craint une guerre continentale; mais le droit
» est pour moi. »

De là, mon cher monsieur Trim, ne croyez
pas qu'en braves chevaliers comme Charles-
Quint ou François Ier *ces beaux sires* se com-
battent corps à corps d'estoc et de taille. De là
toute l'Europe pourra prendre fait et cause;
mais heureusement que celle des rois n'est pas
très-brillante en ce moment, et qu'ils redou-
tent, en portant leurs armées hors de leurs
États, d'y voir allumer la guerre civile qui leur
en enlève la possession.

Mais vous voyez leur position sous un aspect

bien différent; vous les appelez comme libérateurs, vous croyez qu'ils vont une seconde fois restaurer les fleurs de lis et nous remettre à la glèbe féodale.

Qui vous dit que si l'Espagne enrôle au nom d'Henri V, l'Autriche ne prétende soutenir les droits de Napoléon II? Et ne vous y trompez pas, mon cher voisin, si les étrangers reviennent sur le sol français sous ces bannières fallacieuses, ils cachent leurs desseins destructeurs; et nous pourrions, avec quelque raison, nous appliquer la moralité de l'excellente fable de La Fontaine intitulée : *Les Plaideurs et l'Huître.*

N'est-il pas déplorable que pour cette *légitimité,* qu'il est si facile de prouver n'avoir point été divinement établie, des milliers de braves périssent à la fleur de leur âge, et que leurs corps fumans servent de marche-pied à l'ambitieux qui voudra reconquérir une couronne sous le beau prétexte qu'il n'y a que lui qui puisse *lé-gitimement nous rendre heureux!*

Sans doute, m'allez-vous dire, vous encensez le roi actuel des Français. Un moment, monsieur Trim ; quoique ce soit un roi comme on n'en voit guère, puisque, plus citoyen que monarque, il a eu la générosité d'accepter une présidence voilée sous le titre pompeux de royauté, afin de ne pas inciter les rois nos voisins à faire la guerre à nos innovations, d'un dangereux exemple......., ne pensez pas que je cherche à mériter sa bienveillance en l'adulant : non-seulement mon sexe m'exclut de toute place, mais je n'ai jamais rien demandé à Sa Majesté, et je ne lui demande rien, je vous le déclare ici positivement.......

Dans votre fureur, je vous entends vous écrier : Quelle apostasie ! *le trône et l'autel sont la même cause.*

Et point du tout, mon cher voisin : voilà justement en quoi le jésuitisme vous égare. A Dieu ne plaise que je prétende dire que dans la compagnie de Jésus, surtout à son origine, il n'ait existé des saints, des gens d'un grand mérite ; mais malheureusement depuis qu'ils étaient devenus confesseurs des rois, ils ont oublié qu'il fallait avant tout être catholiques. Relisez les Lettres de Pascal, Monsieur, et vous y verrez clairement que dès ce temps ils n'étaient pas généralement ce qu'ils auraient dû être, et enseignaient une *morale élastique* bien pernicieuse.

C'est contre les abus que je m'élève ; car je vous proteste hautement que non-seulement je suis née dans la religion catholique, mais que je veux vivre et mourir dans cette croyance, que j'adopterais par conviction si je n'avais le bonheur d'être née au sein de cette religion qui dit : *Pardonnez, on vous pardonnera ; faites du bien à ceux qui vous haïssent.*

Et croyez bien, mon voisin, que cette morale sublime, ainsi que l'espérance d'être jugée avec la même indulgence que j'aurai traité mes frères...., sont le véritable garant de l'invariabilité de la conduite que j'ose attester avoir constamment tenue toute ma vie envers mes ennemis.

Mais je nie que le trône et l'autel, comme le disent les congréganistes, soient la même cause, et je me borne à vous répéter que Jésus-Christ, notre chef et notre modèle, interrogé sur sa royauté répondit : *Mon royaume n'est pas de ce monde.*

Et c'est un abus né de l'ambition qui dévore les hommes de toutes les classes qui s'est glissé dans le cœur d'ecclésiastiques, qui ne devaient tendre qu'à une autorité toute spirituelle, et qui n'a d'autre but que notre salut éternel à tous.

Heureusement qu'il en existe encore exempts

de ces faiblesses qui, pour être répréhensibles en eux, ne doivent pas rejaillir sur une religion basée uniquement sur le mépris des honneurs de la terre et des biens temporels !

Ainsi, monsieur Trim, emportez-vous, décriez-moi; dites qu'il faut avoir perdu la tête ou avoir oublié tous principes!

Après cette profession de foi, je me bornerai à vous croire réellement plus congréganiste que catholique, et je dirai : *Seigneur, pardonnez-lui, car il ne sait ce qu'il fait.*

Enfin, voisin, comment voulez-vous voir le commerce refleurir, la paix renaître en bouleversant de nouveau notre gouvernement populaire? il ne peut en exister sans quelque abus; en ma qualité de femme je fais des vœux pour la paix. Mais quant à votre façon de penser contradictoire non-seulement à celles des braves républicains, mais à celle des partisans de l'empire, je ne vois qu'un moyen assez original de vous mettre tous d'accord.

C'est, la guerre des trois cousins advenant, de vous nommer trois rois.

L'un, selon vos désirs, que vous avez appelé *Dieu donné* : il est si jeune encore qu'il est possible d'espérer que, quoique élevé par le père Loriquet dans la pensée que *le marquis de Buonaparte a remporté la victoire à Marengo en sa qualité de lieutenant-général des armées* de Sa Majesté Louis XVIII, lors de son règne incognito, en sa résidence de Mittaw, il pourrait à notre école perdre ses premiers principes d'un absolutisme si pernicieux pour lui et pour les siens.

Il se pourrait que son cœur modelé sur celui d'un père généreux qui, en expirant, demandait grâce pour Louvel, et qui, le matin du jour qu'il périt, songeait à adoucir les angoisses de l'indigence, sans se douter qu'il allait le soir de ce même jour être délivré de toutes les misères qui sont inséparables de la vie humaine sur le trône ainsi que sous le chaume; il se pourrait, dis-je, qu'enfant de notre siècle son esprit s'élevât à sa hauteur.

Le second, à coup sûr, élevé avec nous dans nos colléges, habitué dans nos rangs, et prince-citoyen, réaliserait de grandes espérances!

Pour le troisième, fils d'un héros dont le génie étonna toute la terre, il n'est point, ainsi qu'on nous l'a peint, imbu des principes de la congrégation, il n'est point *Autrichien,* mais il a le cœur tout français, et le sang qui coule dans ses veines est bien celui d'un brave.

Et puisque vous voulez à toute force des rois, il faut espérer que sous ce triumvirat nous verrions refleurir les beaux jours de cette Rome qui, plus qu'aucune des républiques de ce globe, atteignit de plus près le but admirable et presque impossible à atteindre de la république de Platon !

Et l'on verrait souvent notre monarque actuel, à l'instar des Romains, recevoir de nous la dictature.

PARIS, IMPRIMERIE DE DECOURCHANT,
Rue d'Erfurth, n° 1, près de l'Abbaye.